Cadela Chefe: Dominação feminina BDSM

Coleção Dominação Erótica

Erika Sanders

ERIKA SANDERS

Cadela Chefe:
Dominação feminina BDSM

Erika Sanders
Série
Coleção Dominação Erótica

Sinopse

Uma chefe dominadora leva sua escravo às profundezas sujas.

Cadela Chefe é uma história com forte conteúdo erótico BDSM e, por sua vez, também pertencente à coleção Erotic Domination, uma série de romances com alto conteúdo BDSM romântico e erótico.

(Todos os personagens têm 18 anos ou mais)

Nota sobre a autora:

Erika Sanders é uma escritora conhecida internacionalmente, traduzida em mais de vinte idiomas, que assina seus escritos mais eróticos, longe de sua prosa habitual, com seu nome de solteira.

Índice:

Sinopse
Nota sobre a autora:
Índice:
CADELA CHEFE DOMINAÇÃO FEMININA BDSM ERIKA SANDERS
FIM
INSATISFEITA ERIKA SANDERS
FIM
AUMENTO DE SALÁRIO ERIKA SANDERS
FIM
SITUAÇÃO INESPERADA ERIKA SANDERS
Capítulo I
Capítulo II
Capítulo III
Capítulo IV
FIM

CADELA CHEFE
DOMINAÇÃO FEMININA BDSM
ERIKA SANDERS

Era uma tarde quente e abafada de maio em Paris e Colette relaxou em sua confortável cadeira de escritório fazendo uma pausa no trabalho. Ela era dona desta empresa, uma empresa decentemente grande, mas ela conseguiu não deixá-la ir a público. Ela gostou do controle que uma empresa privada oferecia, o controle que ela tinha sobre seu funcionamento e seus funcionários. Ela havia construído a empresa do zero e preferia mantê-la sob seu controle.

Colette era uma empresária de sucesso, quarenta e sete anos, alta, bonita e magra. Seu rosto não mostrava sua idade e, embora continuasse solteira, uma escolha desajeitada para uma francesa, nunca lhe faltou atenção masculina sempre que desejava. Um fato possibilitado tanto por sua aparência quanto por sua posição de poder.

Ela ligou para sua secretária e pediu que ela chamasse a cozinha para uma xícara de café. Tinha sido um longo dia. Seria um dia mais longo, ela finalmente saiu às oito, mas não antes de notar Jean sentado em sua mesa, digitando furiosamente. Ela não sabia quem era Jean, devia ser uma executiva de baixo escalão e nem sempre lidava com eles. Jean notou Colette e rapidamente se levantou e disse: "Boa noite, senhora", submissa. Colette notou que Jean era um menino muito bonito, jovem, magro e atlético.

Na manhã seguinte, Colette ligou para Nikita em seu escritório. Nikita chefiava o departamento de Jean e era uma antiga funcionária de Colette. Ela precisava descobrir mais sobre Jean.

"Você tem escondido ele de mim?" ela disse com raiva fingida.

"De jeito nenhum, Colette, eu só estava dando a ele algum tempo para se acomodar, Jean está aqui há apenas um mês."

Uma hora depois, Jean estava do lado de fora do escritório de Colette, nervoso e inquieto, sem saber por que foi chamado pela chefe. Momentos depois a secretária de Colette o convidou a entrar, ele a cumprimentou, ajeitando ansiosamente a gravata.

"Jean, é?" Ela perguntou, e não esperou por uma resposta. "Sou Colette Dupont, a proprietária desta empresa e sua chefe, como você bem sabe. Você trabalhará de perto comigo a partir de agora. Quero que os relatórios sejam entregues em minha mesa hoje às nove, certifique-se de fazer isso, Entendido?" Ela disse com desdém. "Você pode sair agora."

Jean não sabia por que ele, um jogador tão pequeno na empresa, foi convidado a conhecer a chefe ou o que quer que seus relatórios valessem, mas não era sua posição fazer perguntas. Ele tinha que seguir ordens e entregava seus relatórios ao RH com as instruções que Colette lhe dera.

A quente e abafada tarde de maio de dois dias atrás era uma lembrança distante, era um dia escuro e sombrio e a chuva açoitava as paredes externas de vidro do escritório de cobertura de Colette. Jean se viu novamente na frente de Colette, os relatórios dele sobre a mesa dela, ela os folheando. Ela pegou o telefone e pediu para ligar para Nikita. "Venha ao meu escritório, por favor", disse ela ao telefone.

"Você teve a chance de ver os relatórios, Niki?" perguntou Colette.

"Eu tenho, na verdade."

"E você acha que ele é adequado para este trabalho?"

"Na verdade, não."

Eles estavam falando sobre Jean como se ele nem estivesse na sala, mas ele foi testemunha de toda a conversa e seu coração estava afundando com cada palavra que eles diziam.

"Eu tenho uma opção melhor para você Jean", disse Colette. "Estou aliviando você de suas responsabilidades atuais, mas não estou demitindo você!"

Jean ficou um pouco aliviado ao ouvir essas palavras, embora tivesse certeza de que seus relatórios estavam em ordem. Ele não iria contestar isso agora e então ele engoliu nervosamente, "obrigado, senhora."

"Suas novas responsabilidades significariam que você estaria trabalhando comigo, neste escritório. Na verdade, sob mim. Você estará trabalhando debaixo desta mesa. Você é um menino lindo e estou oferecendo a você a posição de me servir, está entendido?"

Jean ficou pasmo e não sabia o que dizer.

"Claro, não há compulsão, não há força. E você é livre para sair com o que tiver direito. Mas vou ser honesto com você, que se você sair, você vai me decepcionar e ninguém decepciona Colette Dupont. "

Jean não conseguiu aceitar o trabalho humilhante que lhe foi oferecido, ele se demitiu. Agora, seis meses depois, ele estava desempregado e todas as empresas às quais se candidatou tiveram a mesma resposta; nossos registros mostram que você trabalha para Colette Dupont e que ela não está disposta a deixá-lo ir. Colette Dupont tinha conexões, isso era óbvio. O mais óbvio foi que Jean percebeu para onde ir, se realmente precisava de um emprego.

No frio cortante de um novembro de Paris, Jean esperava do lado de fora do escritório de Nikita. Este era o terceiro dia e ele já estava esperando há uma hora. Eventualmente Nikita o chamou e ele contou a ela sobre sua situação.

"Isso é o que você ganha por recusar a Sra. Dupont", disse ela casualmente.

"É injusto", Jean protestou.

Nikita olhou para ele.

"De joelhos e implore ou saia do meu escritório!"

Jean engoliu seu orgulho e se ajoelhou. Ele implorou, implorou a Nikita para lhe dar outra chance.

No dia seguinte, ele se viu de joelhos novamente, desta vez na frente de Nikita e Colette.

"Eu não sou uma vadia, Jean. Eu não vou destruir sua vida. Mas você teve a audácia de me recusar e assim será punido. E sua recusa piorou seu castigo. Ajoelhe-se por uma chance de me servir, você terá essa chance e eu a aceitarei como minha escrava mais íntima. E depois de um ano se humilhando por mim, eu a libertarei e até conseguirei um emprego que você merece. Eu disse que não era uma vadia!"

"Agora tire e adore os pés do seu novo dono!" ordenou Nikita.

Jean se espremeu no pequeno espaço sob a mesa de Colette e esperou sua chegada. Esta era sua rotina agora, ele estava fazendo isso por uma semana. Totalmente nu, sob a mesa de sua dona, servindo a seus pés e buceta. Colette entrou e casualmente jogou a calcinha no rosto dele.

"Me lamba até o orgasmo e depois chupe minha calcinha para limpar!"

Jean colocou a língua na buceta peluda de Colette, beijou seu clitóris para começar e depois cuidadosamente lambeu entre suas dobras. A boceta de Colette cheirava a mijo e suor, mas ele não se atreveu a mostrar seu desgosto. Logo sua boca se encheu de seus sucos quando ela teve seu primeiro orgasmo. Ela segurou a cabeça dele com força e indicou que ela não tinha terminado. Ele continuou lambendo, para cima e para baixo em sua fenda gordurosa e entre suas dobras. Ela estava agora esfregando em seu rosto e em seu comando, ele estava chupando seu clitóris. Colette gozou como uma mulher possuída e encheu sua boca com seu creme. Engolir é tudo o que ela disse e ele fez. O rosto de Jean estava coberto de esperma de Colette e alguns pêlos pubianos soltos. Ele foi proibido de se limpar.

"Você gosta de lamber minha boceta? Como ser minha puta?", Colette riu.

"Lick my ass put bitch!", Colette ordenou.

Jean odiava essa parte, mas sabia o preço de fazê-la esperar. Ele rastejou de joelhos e colocou a cabeça sob a saia dela. Sua bunda era pungente e suja e ele a estava beijando. Logo ela estava espalhando as bochechas, convidando-o a entrar. O menino não tinha outra escolha a não ser lamber o cu suado de seu dono puma. Ele estendeu a língua em seu buraco marrom enrugado, ele provou sua merda matinal que ainda pendia dos pelos da bunda dela - ela nunca se lavou direito, mas continuou sua tarefa nojenta. Depois de minutos de lambidas, ela teve outro orgasmo e o chutou para longe.

Era assim que ele passava seus dias e tardes até um mês depois, quando Colette ordenou que ele fosse morar com ela.

"Você será um escravo em tempo integral a partir de agora"

Jean era agora um escravo doméstico, a parte boa era que ele raramente tinha que ir ao escritório de Colette e passaria algum tempo sozinho na luxuosa casa de Colette depois de suas tarefas diárias, enquanto Colette estava no escritório. Ele cozinhava, limpava e cuidava das necessidades mais íntimas de Colette, mas não podia esperar até que o ano terminasse e ele estivesse livre novamente.

Certa noite, Colette não chegou na hora que costumava, mas ele ficou na porta, nu, para recebê-la em casa, como costumava fazer. Eventualmente, ele ouviu passos e a chave girou. Colette entrou com outro homem, bêbado e rindo. Ela viu seu escravo nu e o chutou para longe enquanto eles se acomodavam no sofá.

"Tire os sapatos e as meias dele. Engraxe os sapatos dele até que um de nós peça para você parar." Colette ordenou enquanto eles desapareciam no quarto.

Jean ficou ali sentado, humilhado, engraxando os sapatos de um estranho até que meia hora depois ele saiu, rispidamente ordenou que Jean voltasse a calçar os sapatos recém-engraxados e fosse atender a patroa.

Jean obedeceu, calçou as meias e os sapatos e foi para o quarto atender Colette.

"Aqui, prostituta", Colette gritou do banheiro.

Ela estava sentada na cômoda, nua, com gotejamento de esperma de sua boceta.

"Lamba minha boceta limpa de seu homem cum enquanto eu cago. Me fodeu a bunda muito bem com seu pau enorme."

Colette peidou quando Jean colocou a língua em seu buraco usado, ele provou o esperma branco e grosso. Era salgado e nojento, misturado com seus sucos e suor, mas logo essa era a menor de suas preocupações.

Colette cagou um enorme tronco e o respingo atingiu seu queixo, mas ela segurou sua cabeça no lugar. Jean estava limpando sua amante do esperma de outro homem enquanto ela cagava e peidava. Logo ela estava mijando direto na boca dele, uma mistura de urina e esperma.

"Beba até a última gota, seu babaca!" Colette teve um orgasmo.

O poder sobre sua infeliz escrava foi suficiente para levá-la ao limite. Jean estava enojado além de seus limites, mas não tinha escolha. Jean provou o mijo de Colette em sua boceta suja, mas nunca bebeu antes e ele percebeu que esta noite, a besta havia surgido em Colette!

Havia mais estreias por vir. Colette o fez lamber sua bunda limpa. Jean provou sua bunda suja, provou sua merda quente e algo nele mudou. Ele fez amor com seu traseiro, perdido no subespaço, Jean finalmente se entregou a sua amante. Enquanto isso Colette estava perdida em sua viagem de poder, ela encontrou uma coleira e acorrentou Jean à cômoda. Ela encontrou seu cinto e ordenou que Jean comesse sua merda quente fresca, ali mesmo, enquanto ela chicoteava a bunda dele e se entregava a outro orgasmo alucinante!

Acorrentado, ele permaneceu no banheiro durante a noite, coberto com a merda de sua amante, bunda espancada enquanto Colette caminhava até sua cama e chamava Nikita para informá-la dos acontecimentos. Ela finalmente reivindicou sua escrava!

FIM

INSATISFEITA
ERIKA SANDERS

21

Está uma manhã fresca.

Tenho que ir trabalhar, mas não tenho vontade de me levantar.

Deitada aqui, penso em amar você.

Eu posso ver seus olhos olhando para mim, sorrindo para mim.

Já posso sentir o calor se acumulando na minha virilha.

Deslizo minha mão suavemente sobre meus seios, como se seus olhos a estivessem seguindo.

Meus mamilos respondem imediatamente, endurecendo.

Eu levanto meu peito para chupar um mamilo suavemente na minha boca.

Sinto seus lábios se fecharem ao redor do outro mamilo e um gemido profundo escapa dos meus lábios.

Sinto o suco quando começa a deslizar para dentro de minha boceta.

Movo minhas mãos em volta do meu estômago e depois em direção ao meu abdômen, imaginando suas mãos me tocando.

Deslizo lentamente meu dedo médio na umidade e no calor.

Aperto meu dedo como se seu pau estivesse enterrado dentro de mim.

Deslizando meu dedo para dentro e para fora, meus quadris começam a se mover em um movimento circular.

Sinto meu dedo querendo mais do sentimento que está sendo criado.

A palma da minha mão pegou o suco que agora sai da minha boceta.

Eu lambo o sabor doce da minha palma e deslizo meu dedo longo na minha boca, imaginando que é o seu pau delicioso.

Eu lentamente coloquei minha língua ao redor da ponta do meu dedo como se fosse a cabeça do seu pau.

Eu movo minha língua ao longo do meu dedo, torcendo tudo para pegar cada pedaço de suco.

Fecho meus lábios firmemente na base do meu dedo, deslizo minha boca até a ponta e começo a trabalhar com a língua ao redor do topo do meu dedo.

O que você acha que seu pau está enterrado na minha boca?

Observando minha cabeça se mover para cima e para baixo, sugando você profundamente na minha garganta com os músculos da minha boca trabalhando.

Estou chupando seu pau e você pode sentir minha língua e minha boca chupando, assim como sinto que você chupou meus mamilos.

Minha língua está se movendo por toda parte, meus lábios molhados constantemente se movendo com a necessidade de chupar você mais forte, mais rápido e mais profundo.

Estou muito animado com o pensamento de me sentir enterrado em mim.

Pego meu dedo e deslizo de volta para minha boceta, certificando-me de que está encharcado.

Tiro o dedo e esfrego por toda a fenda e mergulho novamente para obter mais umidade.

Desta vez, eu também esfrego meu buraco apertado.

Deslizo lentamente um dedo para dentro e o orgasmo é imediato.

Eu adoraria que você me fodesse com seus dedos e seu pau ao mesmo tempo.

Adoro a ideia de ser preenchido por você.

Rolo de bruços e começo a trabalhar meu clitóris com as duas mãos.

Movendo minhas mãos para o meu estômago, pressionando firmemente meu doce monte.

Fodo com as mãos até sentir esse sentimento começar.

O sentimento começa em segundo plano e me faz apertar enquanto vou correr novamente.

Movo meus quadris mais rápido, meus pés trituram pela necessidade de explodir por dentro enquanto eu fodo com os dedos.

Um gemido longo, profundo e gutural escapa quando eu chego ao clímax completamente e explodo.

Exausto, deito de costas, penso no que acabei de experimentar e me sinto animado novamente.

Fico me perguntando "o que é esse feitiço que você tem em mim"?

Nenhum homem me excitou tanto quanto você.

Eu vejo você em minha mente, o homem amoroso e sexy que você é.

Eu posso sentir seus lábios macios e doces nos meus.

O jeito que sua língua sedosa delineia meus lábios e a mordida suave de seus dentes.

O jeito que sua língua desliza profundamente na minha boca e prova o quanto estou com fome de você.

A maneira como sua língua envolve a minha e a doce troca de sua saliva se misturam à minha.

Eu posso sentir sua boca quente quando ela se move para o meu ouvido e o calor da ponta da sua língua enquanto ela se lança rapidamente para dentro.

O sussurro suave do meu nome traz uma onda de esperma dentro da minha doce vagina e sua boca se move para os meus mamilos duros e eretos.

Lentamente, sua língua envolve meu mamilo esquerdo e você sopra tão gentilmente.

Você fecha a boca na minha dureza reativa e geme.

Minha mão direita começa a deslizar sobre meus mamilos e levanto meu peito esquerdo em direção à minha boca para chupar suavemente o mamilo, imitando como sua boca se sentiria.

Lentamente, meus dedos deslizam sobre minhas costelas para o meu abdômen e os dedos longos e finos da minha mão alcançam meu doce clitóris.

Delicadamente, as pontas roçam contra o botão e meu dedo médio desliza para dentro até a primeira articulação para sentir a umidade que se acumulou ali.

Deslizo meu dedo profundamente para liberar seu sêmen e pego o suco de mel na palma da minha mão.

Eu lambo o suco da minha palma, saboreando o sabor e o cheiro do sexo.

Deslizo meu dedo médio, até a primeira articulação, na minha boca, imaginando que é a cabeça do seu pau.

Lentamente, minha língua está girando, novamente provando o suco e sei que é o seu leite pré-seminal que estou provando na minha língua.

Minha boca quente e molhada desliza pelo meu dedo, como se fosse seu membro quente e inchado.

Minha boca se fecha completamente e desliza até a ponta enquanto minha boca apertada chupa apenas a cabeça imaginada do seu pau sedoso.

Enquanto eu pego o ritmo de foder meu dedo na minha boca, quase consigo sentir a tensão em suas bolas quando o sêmen começa a subir.

Com esse pensamento, sinto a umidade escorrendo da minha boceta e sei que tenho que me foder.

Eu rolo rapidamente no meu estômago, minhas mãos alcançando minha buceta.

Eu os pressiono com força contra meu monte, as pontas dos dedos encontram meu clitóris.

Meus quadris começam a girar lentamente, girando e girando enquanto meus músculos dos pés e pernas começam a ficar tensos e meus dedos trabalham minha doce vagina.

Eu vejo você entrar por trás e imagino seu pau, ensopado com meus sucos e brilhando na umidade enquanto desliza dentro e fora da minha boceta.

Oh droga, eu estou tão fodidamente excitada quando meus dedos e palmas pressionam com força ... o mais forte que podem enquanto eu chego ao clímax.

Meus pés e pernas estão tensos, meu corpo treme com a intensidade.

Eu rolo de costas imaginando seu doce pau latejante dentro da minha buceta com sede e cum.

Os músculos da minha buceta continuam a apertar como se estivessem chupando a porra do seu pau.

E então sim, eu quase posso sentir sua língua quente enquanto desliza para cima e para baixo na minha fenda.

Sua boca se fecha nos lábios da minha boceta e o rápido movimento da sua língua que me faz gozar na sua boca.

E você se levanta, monta meu corpo e desliza seu pau de esperma na minha boca.

Aprecio o sabor de nossos sucos misturados enquanto chupa e lambe de maneira limpa.

Caio na cama, meu corpo ainda tremendo e formigando.

Que sentimento maravilhoso você me faz sentir com você.

.

FIM

27

AUMENTO DE SALÁRIO
ERIKA SANDERS

29

Anita bateu na porta como se não quisesse arrombá-la.

Isso não fazia sentido, já que ela era a única pessoa que restava na loja de donuts.

Ela e a pessoa do outro lado da porta, é isso.

"Vá em frente", a voz dessa pessoa soou.

Anita abriu a porta e entrou, fechando-a atrás dela.

O clique da fechadura quando ele a apertou com a maçaneta da porta parecia ensurdecedor no escritório silencioso.

Eric Galvez ergueu os olhos da papelada em cima da mesa.

Ele olhou para Anita, uma morena mexicana bonita que usava o uniforme escolar da loja, uma camisa branca abotoada e uma saia xadrez curta, segurando uma sacola de donuts.

Ela tinha um corpo impecável e cabelos castanhos grossos e em camadas que caíam abaixo dos ombros.

"Olá Anita", disse Eric.

O gerente da loja, casado, com dois filhos e na casa dos quarenta, largou a caneta e sorriu.

"Olá. Desculpe se interrompi alguma coisa", disse ela timidamente.

"Claro que não", Eric assegurou. "Sente-se".

O pequeno escritório do gerente consistia em um sofá, duas cadeiras, uma mesa e armários.

Eric viu Anita caminhar em sua direção, sua saia balançando de um lado para o outro.

Ela se sentou na cadeira em frente à mesa de Eric, cruzou as pernas longas e deixou a saia alcançar as coxas.

Ele colocou a bolsa no chão ao lado dela.

"O que está acontecendo?", Perguntou o gerente.

Anita hesitou, respirou fundo e lentamente passou os dedos de uma mão sobre a parte superior da perna, da parte inferior da saia até o joelho.

"Estou pensando em mudar do quarto alugado para o apartamento", disse ele.

Ela era uma aluna do terceiro ano de uma universidade local, trabalhando em vários empregos em locais cujas horas não interfeririam em suas aulas.

"Ótimo", Eric disse entusiasmado, depois parou. "E você precisa de mais dinheiro? Um aumento?"

Anita olhou timidamente para ele, antes que um olhar mais sério aparecesse em seu rosto.

"Não acredito no quanto eles pedem para alugar. E o adiantamento é ...", ele começou a dizer.

"Eu sei", Eric interrompeu.

Ele olhou para ela por um momento.

Ela trabalhava para ele há quase um ano, pedindo um aumento outra vez.

Nesse caso, ela havia usado seu corpo para "influenciar" sua decisão.

Na verdade, ele queria outro pedido dela desde então.

Eric olhou para a sacola de rosca ao lado dele.

"Você leva alguns donuts para casa?" Ele perguntou.

Os olhos de Anita caíram na bolsa e retornaram ao seu chefe.

"Não. É para você ... para nós", respondeu ela.

Eric não precisava mais de explicações adicionais.

Ele também trouxe uma sacola da última vez.

E desta vez ele sabia o que fazer.

Ele se levantou e deu a volta na mesa, passando por trás da cadeira de Anita.

Ela observou seu corpo atlético até que ele desapareceu atrás dela.

Um calafrio percorreu sua espinha em antecipação.

"Então, você me trouxe uma rosquinha", Eric disse suavemente. "E você gostaria de compartilhar."

Anita assentiu em silêncio.

Eric olhou para a jovem mulher, a camisa desabotoada na parte superior e as pernas bronzeadas, estendendo-se sob a saia larga.

Suas mãos agarraram nervosamente as pontas dos braços na cadeira.

Eric colocou a mão no cabelo da garota e passou os dedos pelo pescoço dela.

Ele sentiu a pele quente sob a gola da camisa, depois moveu a mão para a frente do pescoço antes de se aproximar do botão superior.

Em um movimento ágil, ele desabotoou o botão; seguido pelo próximo.

A parte superior de seus seios apareceu, envolto em um fino sutiã azul.

Os dedos dele deslizaram sobre a pele macia de seu seio esquerdo, depois voltaram para o próximo botão.

Usando as duas mãos, envolvendo o pescoço em volta dele, ela abriu cada botão até chegar ao topo da saia.

Eric tirou a camisa da saia e abriu o último botão.

A camisa de Anita se abriu o suficiente para Eric ver a maioria de cada seio de cima.

Ele os observou subir e descer enquanto ela respirava pesadamente.

Un gancho central entre sus senos mantenía su sostén unido.

Não foi por acaso, Eric pensou consigo mesmo.

Ele se abaixou e desabotoou o sutiã, deixando as duas metades descansarem livremente nas extremidades de seus seios.

Anita ficou imóvel, olhando para as mãos de Eric ou pela frente.

Ela sabia que as coisas estavam prestes a mudar rapidamente.

Eric colocou as mãos em cima dos seios dela e os deixou cair até os dedos dele removerem o sutiã.

Ela segurou os seios marrons nus em suas mãos, segurando-os gentilmente por um momento.

Finalmente, ele colocou os mamilos de Anita entre os polegares e os indicadores e os beliscou delicadamente.

A jovem suspirou audivelmente.

Eric sentiu seu pau endurecer dentro dos limites de suas calças enquanto ele manipulava seus mamilos.

Eles endureceram sob o toque dele e Anita sentiu um ponto animado percorrer seu estômago até sua boceta.

Eric colocou as mãos em volta dos seios dela, mas mal conseguiu segurá-los.

Ele os pegou e os viu se acomodar em suas mãos.

Ela circulou a cadeira e ficou entre a mesa e Anita, olhando-a brevemente.

"Levante-se e tire sua camisa", disse ele em uma voz calma.

Anita descruzou as pernas e ficou a alguns centímetros de seu chefe.

Ele levantou a camisa sobre os ombros e a deixou cair na cadeira.

Sem parar, ela fez o mesmo com o sutiã.

Eric colocou as mãos na parte externa das coxas de Anita e ergueu as mãos até que desaparecessem sob sua saia.

Anita sentiu as mãos subirem por fora da calcinha e por baixo da bunda.

Então Eric moveu as mãos para a cintura dela e agarrou a tira de sua calcinha.

Lentamente, ele os abaixou, ajoelhando-se enquanto passavam por cima de seus joelhos e de pé.

Ele colocou a calcinha preta na cadeira e tirou os sapatos dela.

Depois de se levantar, ela olhou para a saia e disse: "Tire."

Anita desabotoou a saia e a deixou cair no chão, saindo e chutando-a para o lado.

Eric admirava sua cintura pequena, quadris e coxas,

pernas longas e pés pequenos.

Seus olhos voltaram para sua vagina e a pequena e fina mecha de cabelo escuro em seu clitóris.

Anita sentiu-se extraordinariamente sexy naquele momento, a umidade entre as pernas aumentando por segundos.

Ela queria o homem na sua frente nu e sabia que era inevitável.

"Tire minha roupa", ele disse a ela.

Ele teve que desacelerar deliberadamente seus movimentos para não revelar seu desejo.

No entanto, Anita logo colocou a camisa de Eric sobre a cabeça, revelando uma parte superior do corpo bem construída, se não muito musculosa.

Ela olhou para baixo e desafivelou o cinto, os olhos de Eric alternando entre seus seios e mãos.

Ela desabotoou as calças e as puxou para baixo até que caíssem sozinhas em suas panturrilhas.

Anita se ajoelhou e tirou os sapatos e as meias antes de tirar as calças e jogá-las de lado.

Ele aguardava ansiosamente a protuberância crescente em sua cueca, depois agarrou a cintura e puxou-a para baixo.

O pênis enorme de Eric era apenas semi-ereto, mas Anita sentiu uma onda de emoção fluir sobre ela quando tirou a boxer.

Ela se levantou e encarou o chefe.

Para alívio de Anita, ele fez o primeiro movimento, abraçando-a e puxando-a em sua direção.

Ele a beijou apaixonadamente, pressionando seu pênis contra o corpo dela e movendo as mãos para o traseiro dela.

Eric apertou suas bochechas macias quando as línguas deles encontraram seus lábios.

Anita sentiu que ele pressionava sua vagina contra seu corpo, sem saber se ela estava mais determinada a satisfazer a si mesma ou a Eric.

Seu beijo continuou enquanto ela passava a mão em torno de seu pênis, sentindo-o palpitar.

O pênis começou a apontar para cima e a garota repetidamente bombeava a mão para cima e para baixo do membro.

Quando o beijo terminou, Eric olhou para Anita e disse: "Minha esposa não faz isso comigo. Você é ótimo."

"Obrigado, estou feliz que você tenha gostado", ele sorriu.

"Estou com fome", disse Eric.

"Eu também".

Eles foram para o sofá.

Eric pegou a sacola de rosquinhas no caminho.

Ele encontrou tempo para assistir a pequena bunda redonda de Anita balançar com seus passos antes de se deitar no sofá, a cabeça em um pequeno travesseiro em uma extremidade.

Eric enfiou a mão na sacola e pegou um donut e uma pequena faca de plástico.

"Ah, recheios de creme de baunilha. Meus favoritos - ele disse. "Você gostaria de compartilhar?"

"Eu adoraria", respondeu Anita.

Eric se ajoelhou e colocou o donut coberto de chocolate no estômago liso da garota, cortando-o cuidadosamente ao meio com a faca.

Um calafrio percorreu o corpo de Anita quando a faca mal tocou sua pele.

Eric observou-o contrair quando a lâmina da faca reapareceu de dentro da rosquinha grossa, depois colocou a faca e metade da rosquinha em cima da sacola no chão.

Ele tirou a rosquinha da barriga dela e virou o centro cheio de creme para ela.

Metodologicamente, ele a abaixou até que o mamilo no peito direito estivesse diretamente sob o creme.

Com um golpe longo e suave, ela trouxe uma camada de creme de baunilha sobre o final do peito.

Anita fechou os olhos quando o estofamento frio cobriu o mamilo e a pele ao redor, enviando ondulações pelo corpo para o estômago e a vagina.

Eric moveu a rosquinha levemente para o lado e repetiu o processo, adicionando uma segunda fita de creme adjacente à primeira.

Finalmente, ela virou a rosquinha e esfregou a cobertura de chocolate na ponta do mamilo duro.

Eric colocou o donut na bolsa e olhou para Anita.

Ela estava assistindo atentamente, antecipando seu próximo passo e silenciosamente implorando para que ele a devorasse.

Eric balançou a cabeça sobre o peito dela e passou a língua sobre o mamilo, saboreando o chocolate doce.

Anita quase gemeu alto, mas se conteve e observou a língua de seu chefe se alongar para incluir uma polegada acima e abaixo do mamilo.

Ela engoliu uma vez antes de retornar ao seio, desta vez abrindo a boca e colocando o máximo de peito redondo e cheio da garota possível.

Sua língua coçou o mamilo várias vezes antes de seus lábios fecharem em torno da carne rosa e chuparem.

Dessa vez, Anita não conseguiu se conter.

"Oh, Deus", ele sussurrou.

Eric levantou a cabeça e lambeu o creme dos lábios.

Quando a boca dele pousou mais uma vez no peito de Anita, a mão dele estava pressionando o peito dela e ele lambeu com fome o resto do creme de baunilha da pele dela.

Sempre voltava para o mamilo.

Anita arqueou as costas, empurrando o peito mais alto.

Ela sentiu a umidade entre as pernas aumentar a cada passo da língua sobre o mamilo e tinha certeza de que ele poderia fazê-la gozar se a mantivesse assim.

Ele pegou a rosquinha novamente, desta vez espalhando o recheio branco e o chocolate sobre o peito esquerdo em maior número.

O creme cobria quase dois terços do peito, deixando Eric com um meio donut quase oco na mão.

Depois de colocar o donut de volta na bolsa, ela se inclinou sobre o corpo de Anita e meticulosamente expôs seu seio, uma lambida de cada vez.

A garota moveu a mão para o topo da cabeça de Eric e pressionou-a com mais força contra o peito.

Enquanto isso, a mão dele passou do quadril para entre as pernas, acariciando momentaneamente o clitóris enterrado sob uma mecha de cabelo castanho escuro cuidadosamente cortado.

"Oh Jesus", ele disse calmamente. "Isso é tão bom."

Com apenas uma pequena quantidade de creme de baunilha no peito, Eric subiu no sofá, colocando as pernas entre as dele.

Seu pênis estava totalmente ereto agora, apontando para cima em um ângulo agudo.

Ele se inclinou para frente e colocou seu pau no peito coberto de creme, movendo-o de um lado para o outro até que ele tivesse uma pequena camada do recheio branco.

Anita usou a mão para direcionar o pênis para as áreas com mais creme.

Logo, era branco da cabeça rosa até a base.

Anita viu como Eric deslizou para a frente e levou seu pênis aos lábios.

Ansiosamente, ela abriu a boca e aceitou o presente.

O sabor açucarado do creme quase a fez esquecer seu amor pelo sabor de um pau quente e duro.

Sua língua trabalhou todos os lados do membro quando Eric deslizou dentro e fora de sua boca, fazendo-o gemer de prazer.

"Ummmm, Anita. Me chupa, me lambe assim - disse Eric. "Sim, sim. Assim."

A menina levou alguns minutos para tirar o último creme de seu pênis; chupando, lambendo e engolindo o mais rápido que pôde.

Quando acabou, Eric estava mais duro do que tinha estado antes e estava perto do clímax.

"Foda-se, Eric", Anita exclamou em voz alta. "Eu quero você em mim. Por favor."

Quando seu chefe saiu do sofá, Anita abriu as pernas e levantou os joelhos.

Quando ele teve seu pênis na entrada de sua vagina, sua mão estava em uma posição pronta para guiá-lo até ela.

Até ela ficou surpresa com o quão preparada estava para ele.

Assim que a cabeça do pênis inchado encontrou a abertura, Eric conseguiu abaixar-se até que suas coxas se encontraram em um tapinha suave.

"Deus sim. Foda-se - disse Anita.

Eric foi rápido em atender às demandas deles.

Ele a levantou e começou a deslizar seu pau dentro e fora, sentindo-a periodicamente contrair sua vagina.

Anita levantou as pernas e as envolveu delicadamente na cintura de Eric, permitindo que ele a levantasse ainda mais.

Os seios de Anita balançavam ritmicamente.

Ela beliscou seus mamilos ocasionalmente, enviando o que pareciam correntes elétricas diretamente em sua vagina.

Enquanto isso, Eric se reposicionou para que uma mão livre pudesse massagear seu clitóris.

Ele encontrou a protuberância facilmente e esfregou-a.

A cabeça da garota começou a balançar de um lado para o outro e murmurando "Droga. Merda. Sim ali. Lá!"

Eric esfregou com mais força e sentiu seu corpo tenso.

As pernas dela o apertaram com força e ela gritou: "Ahhhh. Oh, Deus. Agora."

Seu orgasmo começou com outro gemido abafado e seus quadris se ergueram para encontrá-la.

Por pelo menos trinta segundos, Eric a penetrou uma e outra vez, enquanto ela gemia e gritava para ele transar com ela.

Eric queria que a sensação de sua boceta apertada em torno de seu pênis e seu corpo se contorcendo sob ele durasse para sempre.

Ele se agarrou ao seu traseiro enquanto ela lentamente começou a se acomodar no sofá.

Agora capaz de se concentrar em seu próprio corpo, Eric sentiu a primeira onda de esperma subir de suas bolas.

Anita sentiu o orgasmo se aproximando dele e pediu que ele continuasse.

"É isso. Vamos. Entre na minha boceta."

O pênis de Eric explodiu em uma inundação de esperma que Anita sentiu enchendo seu interior.

O fluido quente disparou em vários jatos, cada um acompanhado por um gemido alto.

Eric agarrou Anita pelos ombros e pressionou o corpo dela contra o dele.

Quando ela estava prestes a terminar e ficou parada com o pau dele profundamente dentro dela, Anita apertou sua boceta com força.

"Ahhh, caramba. Pare - Eric murmurou, quase sem fôlego e meio rindo.

Ele se sacudiu pela última vez e caiu dela, mole e totalmente drenado.

Ele estava nos braços dela, a cabeça no peito dela e as pernas ainda enroladas na cintura dela.

"Tudo o que você precisa fazer é pedir quando quiser", Eric disse suavemente, seu dedo traçando o contorno do mamilo.

"Eu estava com fome hoje", disse ela.

FIM

SITUAÇÃO INESPERADA
ERIKA SANDERS

41

Capítulo I

"Estarei esperando você no quarto, coloque algo revelador", dissera John.

Eles o tratavam como comida para viagem, Gina pensou quando a ligação terminou.

E foi assim que ela se sentiu agora, ao aplicar a maquiagem no espelho de maquilhagem: olhos sombreados, lábios vermelhos em forma de coração e maquiagem suficiente no rosto para não fazê-la parecer uma figura de museu de cera.

Mais alguma coisa que você queira, querida?

Satisfeita com o trabalho, ela andou descalça pelo tapete do quarto, vestida apenas com sutiã e calcinha e abriu o armário.

De uma prateleira acima de onde estavam suas roupas, ela pegou uma pequena caixa de dinheiro e a levou para a cama.

Quando ela abriu, muitas notas de dez e vinte caíram nos lençóis de seda.

Gina contou quatro entre vinte e manteve os outros dentro da caixa.

Ela colocou a caixa de volta no armário, guardou o dinheiro na bolsa e começou a se vestir.

John morava do outro lado da cidade em uma luxuosa moradia de cinco quartos perto do canal.

Ele levaria dez minutos para dirigir até lá, dependendo do trânsito da tarde.

Ele era um cliente relativamente novo que ele servira seis vezes até agora.

Ela odiava isso.

Ele era arrogante, rude e completamente pervertido.

Ele era descendente de italianos: cor de pele verde-oliva, nariz grande e cabelos pretos grossos por todo o lado.

John adorava comer e Gina achou que ele parecia uma mistura entre um gangster dos anos 40 e um porco com barriga de porco.

Ele se gabara de seus laços com o submundo do crime, mas Gina não tinha certeza de quanto do que ele dizia era verdade.

Ela pensou que ele estava apenas tentando impressioná-la.

Ela não conseguia entender por que os homens pensavam que isso era atraente para as meninas.

Gina odiava a violência e desligou um filme ao primeiro sinal de sangue ou violência.

Mas John estava definitivamente em algum tipo de negócio não confiável.

Ela tinha visto armas em sua casa.

Ela ouvira telefonemas acalorados durante o relacionamento sexual que John se recusava a ignorar.

Falando sobre dinheiro e drogas.

Ela encontrou homens odiosos como John: gananciosos, egoístas, desonestos e corruptos.

No entanto, ela precisava muito do dinheiro.

A vida de Gina estava cheia de dívidas.

Um curso universitário de ciências humanas, o mini Fiat, que levava a sua função de secretária todos os dias, comprando roupas, férias em Ibiza e um empréstimo que ela havia contratado para mobiliar seu apartamento.

Ela estava nadando em dívida, mas as empresas de empréstimo nunca a negaram.

E foi por isso que ela trabalhava como acompanhante particular no último ano.

Privado era a palavra-chave.

Ela não tinha publicidade on-line, com muito medo de que sua família ou amigos descobrissem seu segredo sórdido.

Caso contrário, ela confiava no boca a boca e em seus frequentadores, caras como John.

O primeiro homem que a pagou para fazer sexo com ela foi nomeado Peter.

Ela o conheceu em um site de namoro após seu rompimento com Adams, mas soube instantaneamente que não era para ela.

Não era o fato de ele estar na casa dos quarenta e quinze anos mais velho que ela.

Na verdade, essa foi a razão pela qual ela o conheceu, pensando que um homem mais velho poderia dar a ele o que Adams, um garoto de 24 anos, não poderia.

Compromisso, segurança, novas experiências sexuais, talvez.

Ela simplesmente não sentia conexão com Peter, e sabia disso uma hora depois do primeiro encontro, jantar para dois em um restaurante indiano na parte mais agradável da cidade.

Ela se despediu e agradeceu por uma refeição deliciosa, pensando que seria a última vez que o veria.

Mas Peter estava mais interessado nela do que ele pensava inicialmente.

Ele entrou em contato com ela dois dias depois com uma oferta de pagar por sexo.

Gina ficou surpresa a princípio, até ofendida.

Com seu bronzeado profundo, cabelos loiros tingidos e propensão a revelar roupas, ela sabia que causava uma certa impressão atraente.

Mas isso não a tornaria uma raposa, ou alguém que abriria as pernas ao primeiro sinal de problemas financeiros.

Ela certamente conheceu garotas que o fariam.

Mas Peter parecia ser um cara tão legal, e quanto mais Gina pensava em sua dívida, ela começou a se perguntar que mal havia em aceitar a oferta. Haveria um benefício mútuo.

Peter a possuiria e ela receberia o dinheiro que precisava desesperadamente.

Se ninguém se machuca, qual foi o problema?

Gina era ingênua, no entanto.

Ela nunca imaginou o quão viciante o sexo pago poderia ser, nem o quão miserável e barato isso a faria se sentir.

Para piorar as coisas, Peter não era o cavalheiro que ela pensara que ele fosse.

Logo se espalhou a notícia de que ela era boa em seus serviços e isso só poderia ter acontecido porque ele a espalhou diretamente.

Ofertas de todos os tipos, através do site de namoro em que ela conheceu Peter, encheram sua caixa de correio.

Ele não podia acreditar em quantos homens mais velhos estavam procurando mulheres mais jovens para fazer sexo e quantos estavam dispostos a pagar por isso.

Foi muito lucrativo para ela e ela logo aprendeu que poderia ganhar mais dinheiro se quisesse aumentar um pouco mais seus limites.

Os homens pagavam mais por coisas como anal, dominação, chuva de ouro e vários tipos de role-playing games.

Gina havia investido em uniformes de colegial, lingerie sexy e chicotes. Ela comeu tudo o que lhe foi sugerido, colocou todos os tipos de objetos dentro dela e até fingiu amamentar um homem de cinquenta anos usando uma fralda.

É claro que John, com seu dinheiro, desfrutara de todos os serviços disponíveis.

De prostitutas de alta classe a estrelas porno e até modelos de página três.

Era uma obsessão que beira o vício.

Parecia que todas as meninas jovens e bonitas estavam dispostas a vender seus atributos enquanto ainda os desejavam.

Foi trágico.

Portanto, não foi uma surpresa que, depois de saber de um amigo, John contatou Gina.

E hoje seria a quinta vez que eles estariam juntos.

Gina olhou o relógio e arrumou as roupas no espelho do corredor. Tudo terminará em um ano, menina, ela lembrou a si mesma.

'Você consegue.'
Então ele pegou suas chaves e saiu pela porta.

Capítulo II

Dez minutos depois, ele parou na Midesting Road.

Passava pouco das dez e meia e uma festa na piscina de uma das outras casas estava a todo vapor.

Ele atravessou os portões de ferro forjado da casa de John e estacionou o Fiat na estrada.

O luar brilhava no teto do Mercedes prateado de John quando ele ouviu o som de seus calcanhares rangendo através do cascalho e ele caminhou para o lado da casa.

John havia dito para ele entrar pela entrada dos fundos.

Hoje à noite eles vão jogar um role-playing game.

Ele estará deitado na cama e ela entrará, como um ladrão, e o surpreenderá.

John adorava misturar as coisas.

Ela nunca havia conhecido um homem tão sexualmente imaginativo.

Ele parou no meio da lateral da casa e olhou para cima e para baixo no beco.

Ela tinha certeza de que ninguém a veria lá, mas ela queria ter certeza, apenas por precaução.

Ela puxou a calcinha para baixo, deslizando-a pelos calcanhares, depois ajustou a saia.

Ela enfiou a calcinha na bolsa.

Renda vermelha, a favorita de John.

Então ela tropeçou nos calcanhares pelo caminho e abriu a porta do quintal.

Uma lixeira de metal tocou quando ele a chutou acidentalmente com a ponta do salto afiado.

'Estúpido!' Ela se repreendeu.

A luz da cozinha estava acesa e a porta do pátio estava aberta.

John deve ter deixado aberto para ela.

Gina afastou os cabelos, continuou sua caminhada sensual e entrou na casa.

Ele sentiu o cheiro de queimação quando entrou na cozinha e fechou a porta.

Provavelmente era um dos charutos que John gostava de fumar.

Ele era um gangster que fumava.

A casa estava silenciosa.

John deve estar esperando por ela na cama, como ele havia dito.

Gina atravessou a sala de jantar muito cuidadosamente mobilada, todos os móveis modernos e madeira em um tom vermelho escuro, e saiu para o corredor.

Ela olhou para a escada em espiral.

"John", ele disse ironicamente. "Você está pronto ou não?"

Seus calcanhares batiam nos degraus polidos enquanto ela subia as escadas.

Quando ele entrou no corredor, viu a porta do quarto de John aberta.

A luz estava acesa, mas ainda não fazia barulho.

Então ele ouviu um rangido.

'John?'

O desgraçado provavelmente estava sentado em seu trono no banheiro privativo.

Gina alisou os cabelos, abaixou o decote e entrou na sala.

Tudo parecia parar naquele momento.

O corpo inteiro de Gina congelou.

Deitado na cama, completamente nu e olhando para o teto, estava John, com uma poça de sangue encharcando os lençóis ao redor dele e sua garganta cortada.

Gina gritou.

Uma figura sombria saiu de trás da porta e a agarrou, passando um braço em volta do pescoço e colocando a mão sobre a boca.

"Não faça barulho ou eu também cortarei o seu", disse ele.

Gina sentiu a ponta afiada e fria de uma faca em volta do pescoço.

'Quem é?' ela gemeu.

"Alguém com quem você não gostaria de se meter"

O homem apertou seu pescoço com o antebraço musculoso.

'O que você está fazendo aqui?'

'Vim ver o John'.

'Para que? "

"Ele me pediu para fazer isso."

'Por quê?' o homem exigiu.

"Só para ver."

Ele esmagou a traquéia de Gina com o braço, fazendo-a engasgar.

'Por quê?' grito.

'Fazer sexo', Gina conseguiu balbuciar.

Ela começou a tossir quando o homem aliviou a pressão em volta do pescoço.

'Você é uma prostituta? ' ele disse.

'Não!'

'Então que?'

'Uma escolta'.

"É o mesmo", disse o homem.

Gina não disse nada, com muito medo de que o homem pudesse quebrar seu pescoço ou esfaqueá-la se ela o contradisse.

"Parece que temos um problema", disse ele.

Ele se virou para o corpo sem vida de John, segurando Gina firmemente entre o braço e o peito.

Gina sentiu que ficaria doente por ver tanto sangue.

"Agora você é testemunha de um assassinato."

Por favor, Gina implorou.

Não vou contar a ninguém. Apenas me deixe ir. '

Capítulo III

Uma risada sinistra veio do homem.

"Certamente você entende que não será tão fácil assim."

O medo passou pelo corpo de Gina.

Ela sentiu a urina quente começar a escorrer por dentro das pernas.

Ela não queria morrer esta noite.

O homem agarrou o braço dela com a mão enluvada de couro e a levou ao banheiro.

Ele fechou a porta atrás deles e virou-se para olhá-la.

Gina voltou para um canto quando viu o rosto dele.

Ela não esperava que fosse um dos rostos mais bonitos que já vira, mas era a cicatriz profunda escorrendo por um lado de sua bochecha que mais a surpreendeu.

E seu corpo parecia feito para matar, com ombros campeões de boxe e isso poderia quebrar um pescoço ao meio.

Ele era um monstro.

Ele a olhou de cima a baixo com duros olhos azuis.

"Quem sabe você está aqui?"

'Ninguém! Por favor, você pode me deixar ir e fugir. Garanto-lhe que não direi à polícia.

Ele se aproximou dela em um ritmo lento e predatório.

É tarde demais para isso. Você já viu meu rosto.

'Eu prometo que não vou contar. Por favor, nem você nem John me preocupam, eu só quero ir para casa. Eu não quero morrer. "Gina começou a chorar.

O homem colocou a mão enluvada no ombro nu e chegou ameaçadoramente perto do rosto dela.

Gina sentiu o ar quente do nariz roçar suas bochechas.

"Agora, agora, agora", ele ronronou. "Por que estragar esse lindo rosto?"

Ele passou um dedo longo pela bochecha manchada de lágrimas de Gina.

O corpo inteiro de Gina virou gelo quando sentiu o toque dele.

Havia algo extremamente conflitante sobre a atração que ela sentia pelo corpo desse homem e o medo que sentia de estar preso na parede por alguém que sabia que poderia matá-la facilmente.

Ele se aproximou e passou a língua áspera pelo rosto dela, fazendo-a sentir um arrepio percorrer sua pele.

Ela não esperava o que viria a seguir.

A mão enluvada do homem deslizou sob a saia dela, seus longos dedos sondando seus lábios expostos.

"Garota malcriada", disse ele em sua descoberta inesperada.

'Por favor ... oh'

O homem havia tirado a luva e um dedo longo e carnudo estava agora dentro dela.

Ele encontrou o clitóris de Gina suavemente e o massageou, criando um calor que começou a se espalhar dentro dela.

Ele passou a língua pelos contornos firmes do pescoço de Gina ao mesmo tempo.

Gina se virou e viu seu reflexo no espelho acima da pia.

E ele também viu essa fera alta e estranha afundando em seu pescoço como um vampiro, com a lâmina da faca na mão livre brilhando na luz de halogênio como um aviso.

Ela não se atreveu a se mexer por medo de que ele usasse sua ponta afiada contra ela.

O homem se afastou e correu o olhar sobre o corpo dela.

Havia uma profunda excitação neles, como se ele pudesse ver seu corpo nu através da roupa.

Ele tirou a bolsa do ombro dela e a jogou no chão, quando um tubo de batom e calcinha vermelha se derramou sobre os azulejos.

Ele agarrou um de seus seios através do colete apertado e apertou-o gentilmente, depois passou o dedo pelo mamilo enquanto ela endurecia.

Ela era massa de vidraceiro nas mãos dele.

"O que você vai fazer comigo?" Ela perguntou.

"Como estamos sozinhos e temos o lugar pronto apenas para nós, vou lhe dar o que aquele cara ali nunca te deu."

Oh Deus, Gina pensou. Isso não.

Sentindo seu medo, o homem sorriu.

'Não te preocupes. Depois de me experimentar em sua vagina, você ficará feliz por o outro estar morto.

O homem estava certo que eles estavam sozinhos.

Sem vizinhos por perto, qualquer pedido de ajuda produziria resultados mal sucedidos.

Se ... se ela concordasse, ela fizesse o que o homem disse, ela poderia sair de casa viva.

Com todas as outras probabilidades contra ela, que outra opção ela tinha além de jogar o melhor jogo de RPG da sua vida?

Então ele tomou uma decisão.

Ela estava indo para fazer o melhor desempenho de sua vida.

E se falhasse, ela tinha um plano de backup.

"Tire isso", o homem rosnou, acenando com a cabeça em direção ao colete.

Gina fez o que ele disse.

Quando o colete deslizou sobre a cabeça, ela sacudiu os cabelos e o encarou.

"Eu quero que você fique nua também", disse ele.

O homem soltou uma risada zombeteira.

Você não vai me dizer o que fazer. E eu não sou tão estúpido como você parece acreditar. Jogue no chão. Ele acenou com a cabeça em direção à saia de Gina.

Ela desabotoou a saia e largou-a pelas pernas, depois chutou-o com os calcanhares.

Ela estava lá na frente dele, de salto alto e sutiã, e com os lábios vaginais raspados expostos ao ar fresco do banheiro.

Ele ergueu os olhos azuis rodeados de rímel para o olhar penetrante de seu seqüestrador.

"Que doce e lindo", disse ele, respirando pelas narinas. 'Inversão de marcha.'

Gina se virou e olhou para a parede de azulejos.

Através do reflexo do espelho, ela viu o homem se inclinar e acariciar sua virilha enquanto ele estudava sua bunda.

O grande caroço que ele viu saindo de suas calças o deixou saber que estava bem dotado.

Ele a fez se inclinar para frente, agarrou seus quadris e trouxe sua virilha na direção dela.

O caroço duro e gordo pressionava agora contra a fenda de suas nádegas.

Sua mão nua tocou sua bunda e ele a empurrou para frente, a faca ainda firmemente presa na outra.

Gina o observou enquanto o colocava no balcão perto da pia e começou a desabotoar suas calças.

Ela olhou para a faca, lutando contra o desejo de agarrá-la.

Mas ela sabia que não podia ser tão estúpida; com seu tamanho, o homem dominaria seu corpinho de um metro e meio em segundos. Ainda assim, foi tentador ... muito tentador.

Sua calça preta caiu no chão, revelando um par de boxers, também pretos, sobre enormes coxas musculosas.

Sua ereção subiu até a barra, inchada e enorme.

Gina engoliu o suspiro que quase escapou de sua boca.

Como ele conseguiu entender tudo isso?

O grande galo estava esticado contra o tecido apertado de sua bermuda, ansioso para sair.

Quando o homem os puxou, a grande cabeça roxa caiu nas bochechas de Gina.

O membro grosso e muito veemente tinha pelo menos dez centímetros de comprimento.

O assassino era um Adonis sexual.

Ele agarrou seu quadril com a mão ainda enluvada e pegou seu pênis com o outro, guiando-a até os lábios vaginais de Gina.

Quando ela sentiu o pau quente e macio entre os lábios, Gina ofegou.

E quando ele empurrou para dentro, seus joelhos quase dobraram.

O pênis entrou em uma profundidade arrojada, pulsando de excitação dentro de sua vagina quente e molhada.

Chegou a uma área dentro de Gina que nunca havia sido penetrada antes, e seu clitóris traiçoeiro começou a bombear de excitação, a umidade se acumulando em seus lábios e paredes para acomodar esta emocionante chegada nova.

O homem começou a empurrar, seus quadris fortes foram capazes de forçar a dureza das paredes internas de Gina com uma velocidade extraordinária.

Pareceu incrível.

Ela agarrou a borda do balcão da pia enquanto ele continuava a penetrar seus lábios vaginais molhados, suas bolas batendo nela.

Ele tirou a outra luva e, com suas surpreendentemente grandes mãos macias, percorreu sua espinha e abriu o sutiã.

Ele caiu no chão de azulejos, liberando seus seios.

Agora ela estava apenas de salto quando o animal enorme a atingiu por trás.

Gina sentiu ele se afastar, sua boceta ficando um instante de alívio momentâneo.

Mas não demorou muito para que seu pênis estivesse dentro dela novamente, mas desta vez em direção a sua bunda.

O enorme pênis do assassino penetrou nas dobras apertadas do ânus de Gina, enviando uma dor aguda em sua direção que a atravessou.

Por um momento, ele pensou que não seria capaz de suportar a dor, músculos cerrados para ejetar esse objeto estranho, mas depois relaxaram quando a dor começou a se transformar em prazer.

Gina já havia recebido sexo anal antes, mas não de um falo tão grande quanto este.

O prazer que a dominava agora não era comparável a nada que ela já sentira antes.

Ela teve que se lembrar de onde estava.

Na casa de John, sendo fodida por um homem que acabara de matá-lo.

O cadáver de John, que já estava com um pouco de frio, jazia a alguns metros de distância na outra sala como uma horrível efígie de seu antigo eu.

Gina sabia que nunca seria capaz de apagar essa imagem de sua memória, não importa o quanto a tivesse desprezado.

E apagaria seu ódio por ele se ele pudesse voltar vivo e ajudá-la agora.

Mas há algo de estranho no que acontece quando você enfrenta uma ameaça de morte e Gina a vivenciou pela primeira vez neste banheiro em que estava agora em cativeiro.

Um instinto toma conta, tão primordial que você não se sente mais como um instinto animal.

E você sabe que fará qualquer coisa para sobreviver.

Capítulo IV

O homem bateu na bunda com estocadas furiosas, saliva saindo de sua boca, seu belo rosto avermelhado e excitado.

Os sons baixos e guturais que ele estava fazendo avisaram Gina que ela estava prestes a gozar.

Ela agarrou a borda do balcão com força.

As pontas de seus dedos ficaram brancas enquanto ele segurava.

'Droga', o homem gemeu.

'Vou correr'.

E ele fez, e um suspiro pesado saiu de sua boca, ele fechou os olhos e inclinou a cabeça para trás ...

E Gina aproveitou a oportunidade.

Ele largou o balcão e pegou a faca.

Com uma varredura brusca e vigorosa do braço, ele a mergulhou no pescoço do agressor.

Ela pulou e pressionou as costas contra a parede, os ladrilhos frios nas costas encharcadas de suor.

De olhos arregalados de medo e preocupação, Gina viu o homem em uma postura estática, engasgando quando seus grandes olhos a encararam.

A faca se projetava de seu pescoço grosso e brilhante e sangue vermelho escuro escorria pelo colarinho de seu casaco preto.

Seu pênis ainda estava ereto, uma trilha brilhante de esperma pendendo da ponta.

Seus olhos atordoados permaneceram presos nos de Gina quando sua boca se abriu e o sangue derramou sobre seu lábio inferior.

Ele conseguiu engolir a palavra 'cadela' antes de cair para trás e bater na porta.

Gina olhou para ele por um momento, seu peito subindo e descendo, antes de soltar uma risada louca. Seu plano funcionou.

Primeira vez. Ela o viu no espelho fechar os olhos enquanto ele ejaculava, por isso ficou encantada com o fato de ele ter facilitado o ataque.

Ela pegou suas roupas e rapidamente se vestiu, desta vez colocando a calcinha de volta.

Ela pegou a bolsa e chutou o atacante com a ponta afiada do calcanhar. Então ela cuspiu no rosto dele.

- Isso é por me chamar de cadela, seu filho da puta!

Ele empurrou o corpo para trás para poder abrir a porta.

A parte de trás do crânio atingiu o tapete com um baque quando ele abriu a porta.

Ela andou na ponta dos pés sobre o corpo ensopado de sangue e entrou no quarto.

Ela olhou para o corpo de John na cama.

Sangue no chão.

Sangue na cama.

Morte onde quer que olhasse.

Foi demais.

Gina saiu correndo da sala e desceu a escada em espiral o mais rápido que os calcanhares podiam carregá-la, com triângulos vermelhos manchando o chão enquanto ela passava.

No fim da escada, ela parou, enxugou as lágrimas e controlou os pensamentos.

Esse estilo de vida arruinou tudo para ela.

Ele a tornara infeliz e cínica com os homens.

Ele havia reorganizado seu moral.

E aquele bastardo gordo e morto era um dos piores com seus modos corruptos e fantasias sórdidas.

Ele era um modelo na sociedade, mas espalhou e infectou tudo o que tocou com seus modos corruptos.

Incluindo ela.

Isso fez dele algo que ela não era.

E agora ele a transformara em assassina.

Ela havia matado em legítima defesa e a merda que jazia em uma poça de seu próprio sangue merecia tudo o que havia acontecido com ela.

Mas ela sabia que nunca esqueceria.

Como ele a maltratou como se ela não passasse de uma prostituta suja, e como seu corpo a traiu ao responder com prazer ao toque de suas mãos sujas e assassinas.

Quantas vidas de outras jovens mulheres esses dois devem ter arruinado?

E quanto essas meninas ainda estavam sofrendo?

Não vou mais sofrer, pensou Gina.

Ele subiu as escadas correndo e entrou no quarto.

A visão dos dois cadáveres a fez vomitar, mas ela engoliu a náusea com um cotovelo e se aproximou da cama.

O rosto de John era uma máscara de horror, a boca negra e aberta como um peixe, os olhos congelados de terror.

Gina desviou o olhar e pegou o bracelete de ouro em torno de seu pulso atarracado.

Havia um medalhão fino e retangular que prendia a corrente.

Ela abriu e leu o número dentro: 47689.

Repetindo o número na cabeça como um mantra, ela fechou o medalhão e enfiou a mão na bolsa.

Ele pegou um lenço e limpou as impressões digitais do medalhão.

Ele deu a John um último olhar desdenhoso antes de se virar e correr escada abaixo.

Ela correu pelo corredor até chegar ao escritório de John e abrir a porta.

Ele examinou a sala até que seus olhos caíram no que ele havia buscado.

O cofre de John.

Ele se gabara de seu conteúdo em uma das visitas de Gina e ela exigira saber o que havia dentro.

"Jóias finas", ele dissera com um sorriso arrogante.

"Vale mais do que esta casa inteira."

Então ele bateu a corrente no pulso dela e levou o dedo aos lábios. "Shh".

Gina caminhou até o cofre na parede e discou a combinação.

O cofre clicou, indicando que poderia ser aberto.

Ela abriu a porta de aço e olhou para dentro.

No topo de uma pilha de envelopes marrons, havia uma caixa de jóias aveludada e vermelha.

Gina sentiu um nó no estômago.

Ela a abriu para encontrar o colar de diamantes mais incrível que já tinha visto, com suas pedras lindamente trabalhadas brilhando com efeito cinematográfico.

"Vale mais do que esta casa inteira", ela sussurrou para si mesma.

O suficiente para pagar todas as suas dívidas e muito mais.

Com o coração batendo dentro do peito, ela fechou a tampa e colocou a caixa de joias dentro da bolsa.

Então ela fechou o cofre e esfregou o lenço sobre os possíveis traços.

Ela correu para fora do escritório e seguiu pelo corredor até a porta da frente, verificando se seus saltos não deixavam nenhuma marca incriminadora em suas placas brilhantes.

Não é teu.

Ela abriu a porta da casa.

O ar fresco e macio atingiu suas bochechas quando ela entrou na noite e o fardo da presença na casa escorregou instantaneamente de seus ombros.

Por fim, livre, ela correu pela entrada de cascalho e pulou no carro, jogando a bolsa no banco do passageiro.

Ela deixou cair a cabeça no volante e soltou um grito profundo e gutural.

Exausta e exausta, ela enfiou a mão dentro da bolsa e pegou o telefone.

Ela discou 911.

"Polícia, por favor, acabei de matar um homem."

FIM